KB271004

아침이 오는 빛 가운데

조 정 태 시집

아침이 오는 빛 가운데

지은이 · 조정태
초판 1쇄 펴낸날 · 1996년 12월 7일
초판 2쇄 펴낸날 · 1998년 5월 7일
펴낸이 · 김승태
편집장 · 김순덕
표지디자인 · 김주연
영업 · 김석주
등록번호 · 제2-1329호(1992. 3. 31)
주소 · 110-616 서울 광화문우체국 사서함 1661
　　　　T. (02)830-8566 F.(02)830-8567
　　　　E-mail:jeyoung@chollian.net
ⓒ조정태, 1996

ISBN 89-8350-614-8

값 4,000원

아침이 오는 빛 가운데

예영커뮤니케이션

서 있는 사람들은
하나 둘 셋
돌을 버리고 돌아가고
그림자가 둘,
빛 가운데 긴 손가락 하나가
땅 위에 글을 쓴다

아침이 오는 빛 가운데

제 1 부 사이프러스나무와도 같이

아침이 오는 빛 가운데

제 2 부 온 마음 가지되어

아침이 오는 빛 가운데

제 4 부 가장 낮은 곳으로

아침이 오는 빛 가운데

제 5 부 천지는 이다지도

아침이 오는 빛 가운데

제 6 부 생명의 고리

제 1 부

사이프러스 나무와도 같이

그의 이름으로

그의 이름으로 사람들은 모이고
그의 이름으로 집을 짓고
그의 이름으로 노래하고
그의 이름으로 병을 고치고

그의 이름으로 아이를 기르고
그의 이름으로 눈물흘리고
그의 이름으로 기뻐하며
그의 이름으로 주춧돌을 놓고
그의 이름으로 완성하네
이 세계를

하나님의 아들, 그리스도 예수
그의 이름으로.

그 때 나 거기 있었네

그 때
나 거기 있었네
한 젊은 사나이
피흘려 못박힐 때

아무도 울지 않고
아무도 감사해 하지 않는 죽음을
그는 죽었네
흰 손발에 쇠못이 박힐 때
나 거기 있었네
하늘이 찢기는 어둠으로서
나 거기 있었네

우리가 나음을 입기 위해
그는
스스로를 못박히었으니
하나님과 나 사이가
얼마나 멀었을까

찢기네

그 육체의 휘장이 찢기네 *

휘장 사이로 열리는
빛의 바다

세상은
태초의 하늘처럼 고요하구나

그 때
나 거기 있었네
그가 찔릴 때
그가 채찍에 맞을 때
나 거기 있었네.

* 히브리서 10:19~20

온유한 사람

비바람치는 바다
물이 차는
작은 배 우에서
깊이 잠이 든 사람

흔들면 일어나
한 마디 말씀으로
풍랑이는 바다를 잠재우네

손마다 돌맹이 쥔
성난 사람들 사이
땅 위에 구부려
잠잠히
글씨를 쓰는 사람

한 마디,
닫힌 가슴들 흔들어 놓는
한 마디 말씀
조용히 말하고
또다시 구부려

손가락으로
글씨를 쓰네
땅 바닥에

나사로의 무덤으로
걸어가면서
울고 있네

소경을 눈뜨게 하고
죽은 자를 살리면서도
눈물흘리며
무덤 앞에 서는
키작은 사람

물 위로도
불 위로도
걸으면서
십자가가 무거워
쓰러지는 사람

물과
피를
다 흘리고
다 이루고
잠잠히
돌아간 사람.

자귀나무

수천의 연등을 켜고
아침이 오는 곳을 향해
창문을 여는 여인

베일처럼
온 머리에 꽃을 쓰고 앉아서
대지의 발등에
연분홍 꽃들을 부어 놓고 있네

옥합을 깨뜨려
사람의 아들, 그의 발에
넘치게 향유를 부은
여인과도 같이

대지는 주의 발등상이기에
아낌없이 부어
이 아침마저 넘치게 하네.

비 행

— L.A. 상공에서 —

바람으로 산자락을 접으며
비를 내려 강을 이루게 하시고
메마른 땅에서 샘을 솟게 하여
산자락끝마다
마을을 이루게 하신다

손가락 끝으로 창공을 펼치시고
사람으로 그 아래 깃들게 하신 주
사람이 무엇이관대
인자와 긍휼로 관을 씌우시고
구름을 펼치사
이 가없는 지평을 그 손아래 두시고
우리의 기도 속에
오늘도 오시는 주여.

사이프러스나무와도 같이

사이프러스나무와도 같이
그린듯이
앉아 있던 이여
내 방황의 깊은 우물을 향하여
물을 달라시던 이여

목마름 속으로
많은 사람들이 지나가고
삶은 내게
물길을 그릇 하나 없는
뙤약볕속의 우물이었습니다

사람 하나 오지 않고
바람도 불지 않는 곳
내리 쬐는 햇빛이
정적의 그늘까지 거두어 가버린
버림받은 땅에서
당신은 내게 다가오셨습니다

벌써 말라버린
내 우물을
열어 보이게 하심으로
목마름에서
나를 놓이게 하신 이여

사랑의 빛이
내 영혼 깊은 곳에 비치고
이제
내 잔이 넘치나이다
노래와도 같이
솟아나는 샘물이
여기 있기에.

새벽 미명에

— 막달라 마리아 1

새벽 미명에
저는 달려갑니다
당신께로,
당신이 누우신
그 싸늘한 무덤으로

누가 당신을 앗아갔습니까 ?
가야바 ?
빌라도 ?
가룻 유다 ?
바리새인 ?
사망 ?

누가 당신을 앗아갈 수 있습니까 ?
제왕의 권세도
죽음의 욕설도
흔들 수 없었던
맑고 부드러운 그의 음성을,
시간을 넘어서 걸어다니던
젊은 그이를

죽음이 어찌 앗아갈 수 있을까 ?

내 눈물로 적시고
머리털로 씻어
입맞추어 향유를 부었던
그이의 발이
지금 어디를 가고 있을까 ?

내 오랜 오욕의 날들,
캄캄한 어둠의 날들을
한 마디 나즈막한 말씀으로
씻어 주시고
긍휼의 향유로 관씌워 주신
그이의 손이
아직도 피를 흘리고 있을까 ?

새벽 미명에
저는 달려갑니다
당신께로,
당신이 누우신

그 싸늘한 무덤으로,
돌로 닫은 무덤으로
달려갑니다
주여

죽은 나사로를
불러 일으키신 주여
당신의 무덤이라니요
주여
저는 달려갑니다
당신께로,
오직 당신께로 달려갑니다.

동산지기와도 같이

— 막달라 마리아 2

동산의 무덤 밖에 서서
홀로 울며 죽은 그이를 찾고 있을 때
그이는 저의 등 뒤로 걸어오셨습니다
동산지기와도 같이 *
이슬젖은 발걸음에
나직하고 잔잔한 음성으로

새벽이 동터오고
봄 빛에 물들어
잠들었던 대지가
사방에 생명을 토해내는 시간
그는 다시 제게로 오셨습니다

천지가 창조된 이래
한 번도 들어 보지 못한 일을
저는 들었고
한 번도 보지 못한 일을
저는 보았습니다

흙으로 사람을 빚으시고
그 코에 생기를 불어넣으신 주,
흑암 속에 빛을 창조하시고
물 위에 궁창을 펴신 주께서
그를 다시 살리셨습니다

물 위를 걸어오셨던 그이가
죽음을 넘어서 걸어오셨고
소경을 눈뜨게 하신 그이가
우리로 그의 나라를 볼 수 있게 하셨습니다

죽음의 장막을 넘어
새로운 생명의 광채로 옷입고
동산지기와도 같이
이 봄동산 풀잎 사이로
걸어 오시는 이,
오 생명의 주시여.

* 요한복음 20:11~18

아침이 오는 빛 가운데

동터오는 하늘가에
십자가 하나가
서 있습니다
누가 십자가가
골짜기에 섰다고 하였습니까
아침이 동편하늘에
능금처럼 물들어
밀려 올 때에
십자가는
지난 밤의 긴 명상을
떨쳐 버리고
이제 여기
걸어 오고 있습니다

사람들이
눈물을 흘리고
탄식을 하며
가슴을 쥐어 뜯으며
있었을 때
십자가는

골짜기를 거쳐
산들을 지나고
산맥을 넘어서
이제 여기
아침이 오는
빛 가운데
담담히
걸어 오고 있습니다.

제 2 부

온 마음 가지되어

나를 만나 주소서

나를 만나 주소서
가난하고 피로한 날들의 무게에 눌린
사람들의 어깨 사이에서
나를 만나 주소서

사람들이 미워서
등을 돌릴 때
내 몸이 잠기는 그림자 속에서
나를 만나 주소서

별은 잠기고
무언지 모를 분주함으로
바람마저 그쳐 버린
도시의 빌딩 사이에
내가 부유할 때
나를 만나 주소서

빛과
소리와
바람과

잎새와 더불어
머무르지 않고
가진 것 없이
흐르게 하소서
당신과 더불어
모든 시간 속으로
여행하게 하소서

낡은 손, 더러운 손,
정결한 손, 상채기 난 손들을
맞잡고

불타는 떨기나무 사이로
나날이 걸어가게 하소서

사랑은 태초부터 흐르고
당신은
어느 곳에서나
나를 향해
오고 있기 때문입니다.

어부의 꿈

— 베드로 1

물고기를 잡으러 가노라 *

그 밤에 불가에서
나를 다그치던 사람들이
이제도 밤마다 나를 다그치니
물고기나 잡으러 가노라
말없이 끌려가던 그 얼굴 잊으러
바다로 나가노라

들에 핀 백합과
공중나는 새를 들어
우리를 관씌우시고
바람치는 물 위로
잠잠히 걸어오시던 그

왜 이리도 내 발은
자꾸만 빠져들어가는 것일까
추위는 나를 에워싸는데
불가에 선 수많은 눈들이
나를 다그친다

말없이 끌려가던 그 얼굴
아니라 아니라고 말하면서
밤속에 묻으려 했지만
남은 것은 통곡이었다

물고기나 잡으러 가노라
다그치던 그 얼굴들과
슬픈 듯 말이 없던 그 얼굴
일망무제
그 바닷가에 묻으러
가노라

그 꿈과도 같은 황홀한 광휘의 날들
저주와도 같은 가혹한 시련의 기억들도
한낱 어부의 꿈이려니
이제 물고기나 잡으러 가노라
밤새도록 그물을 던지며 가노라.

* 요한복음 21:3

나를 사랑하느냐

― 베드로 2

아무런 말 한마디 없이,
책망도 비난도 원망도 없이
물으시네
　너희에게 고기가 있느냐

밤새도록 땀흘려도
비어있는 그물
무화과나무 아래 서 있던
나다나엘도
여기
어두운 하늘 아래 함께
서 있는 밤
그가 다시 다가오시네
우리가 서 있는
어떤 땅, 어떤 그늘이
그의 눈을 벗어날 수 있을까
　애들아 너희에게 고기가 있느냐 *

수십년 어부된 나의 밤새 빈 그물에
그이는
하나 가득 채우시고
아침이 오는 뭍으로
나아가시네

아무런 말 한마디 없이
책망도 비난도 원망도 없이
물가에서
다만 물으시는 말
　　네가 나를 사랑하느냐.

* 요한복음 21:5

온 마음 가지되어

그들이 뿌린
눈물과 기도의 씨앗들이
이제 열매맺게 하여 주소서

지난 여름에도
그들로 가지되게 하시고
정결케 하사
태풍과 홍수도 흔들지 못하였나니

이제
빛에 물든 저 들녘을 바라보게 하소서
무거워져오는 대지의 그림자를
받아 안으며
여기 가지마다
열리는 생명의 응답을 보게 하여 주소서

때로 깨끗한 가지로
서지 못하였다 할지라도
이 들녘의 향기로 가리워 주시고
부르시는 그 음성 앞에

온 마음 가지되어 드려지게 하소서

새벽 눈길을 밟으며 소리없이
드린 기도,
한 마디 한 마디 받들어
뿌려진 말씀의 씨앗들이
주여
이제 열매맺게 하여 주소서

날이면 날마다
그들의 시간들이,
땀과 눈물이
떨림으로 들리우게 하여 주소서
추수꾼되신 당신의 손안에서.

사 랑

그이가 나에게 손을 내어 미셨기에
나도 당신의 손을 잡습니다

그이가 나의 바램을 들어 주셨기에
나도 당신의 바램에 귀기울입니다

그이가 나의 길이 되어 주셨기에
나도 당신을 길로 모셔 들입니다

그이가 나의 형상을 되찾아 주셨기에
나도 당신 안에서 그이를 바라봅니다

오 주님이 나를 용서하셨기에
나도 당신을 내 가슴에 보듬습니다.

썩지 아니할 씨

사월의 하늘 가에
피어나는 수도 없는 꽃들은
두 손으로 하늘을 어루만지며
노래합니다

빛으로 가득한 하늘가
해맑은 얼굴에
향기로운 등을 저마다
밝히며
소년들이 나아옵니다

밤하늘의 별들이
왜 수도 없이 반짝이는지
수도 없는 꽃들이 일러주는
봄날 아침

지진의 소식이 들리고
전쟁과 죽음의 그림자가
지구 곳곳에서
퍼져 갈 때도

우리는 소년들의 맑은 얼굴
웃음 띤 눈동자를 마주하며
썩지 않고 쇠하지 아니하는
그 나라를 바라봅니다

썩지 아니할 씨로 심기워진 나라 *1
미움과 싸움이 그치지 않아도
의인과 악인에게 고루 해를
비추시는 이 나라에서
아무도 해를 가리우지는 못합니다

생명이 생명에로 이어지고
나라가 나라에로 이어지며
영광이 영광에로 이어지는
이 나라에서
새벽이슬같은 주의 소년들이 *2
오늘도
주께로 나아갑니다.

*1 베드로전서 1:23

*2 시편 110:3

소년을 위한 기도

저들을 위해 큰 것을 바라게 마시고
그들이 살아 나갈 일생에
빛이 되어 줄 말씀 하나,
그 씨앗 하나 심어줄 수 있게 하소서

때로 어둠 가운데 방황하고
돌아보는 이 없는 외로운 시간에
기댈 작은 사랑 하나,
그 기억 하나 심어줄 수 있게 하소서

나의 뜻과 기대를 앞세우기 보다
있는 그대로의 저들의 모습을 알게 하시고
있는 그대로를 사랑할 수 있게 하소서
때로 구부러지고 또 어긋나는 그들의 길을
나의 길로 강요하게 하지 마시고
그들이 스스로 길을 찾을 때까지
기도하며 기다릴 수 있게 하소서

굳은 얼굴로 진리를 전하기 보다는
기쁨으로 빛나는 눈과

웃음이 번지는 입술로
짧은 사랑의 말 한 마디를 말할 수 있게 하소서

그 어떤 명분에도, 그 어떤 결과에도
마음을 빼앗기지 않게 하시고
생명의 말씀을 큰 소리로 전하며
마음껏 사랑할 수 있는 특권을
주신 것에 다만 감사하게 하소서

그들의 작은 실패, 작은 어긋남에
상심치 않게 하시고
생명을 향한 먼 길 앞에서
거듭거듭 구원하시는 자비하심에
그들을,
그리고 우리 자신을
거듭 위탁할 수 있게 하소서.

카터의 손

— 소년에게 쓴 편지

소년에게 쓴 편지를 부치다가
문득 카터의 손을 생각한다
아트란타로 가는 비행기 안에서
긴 통로를 걸어나오며
모든 승객에게 악수를 청해오던,
맑고 깊은 눈에
아직도 힘있는 얼굴,
굳게 쥐던 그의 손을

때로 새벽에 또는 밤에
쓰는 나의 편지
주님께 가까이 나아갈수록
그만큼씩 가까이
다가오는 어린 영혼들의
빛나는 눈망울들이
또다시 내 마음 열리게 하기에
나 또한 그들에게로 더욱 가까이
나아간다
흡사 손에 손을 잡고
푸른 초장으로 달려나가는

양들과 같이

들판에서
호숫가에서
산 위에서
사마리아 우물가에서
가르치던 한 젊은이의
그 기쁨, 그 평화를 가졌기에
소년들을 향해,
시간을 넘어 열려있는
그 나라를 향해
그는 나아갔으리라

주께서 주신
영원한 생명을
또다른 생명에로 이어주며
가없이 퍼져가는 그 나라안에
우리가 있을 때.

사랑을 새롭게

그들을 세상으로부터 불러 내셨으나
다시 세상으로 보내시는 이여
주의 평화를 내려주사
그들이 세상을 이길 수 있도록 도와 주소서

그들의 생명을 들리우게 하사
주 안에 감추이게 하시고
시간을 넘어 영존하는
주의 나라를 바라보게 하셨나이다

오늘도
주님을 향한 사랑을 새롭게 하여 주시어
그 사랑으로 말미암아
당부하신 뜻을
이루어 가게 하여 주소서

맡기신 생명들을 사랑할 때에
주 안에서 하나되게 하심으로
주의 나라가
이 어린 자녀들과 또 그 자녀들을 통하여

세세토록 이어지게 하여 주소서

그들이 위하여 기도할 때
섬기는 일터와 가정
나라와 사회가
주의 긍휼을 덧입을 수 있게 하여 주소서

그들을 위한 주의 기도소리를 *
늘 기억하게 하시고
약속하신 사랑 안에 늘 있게 하시며
그 사랑의 빛을 세상에 나타내게 하여 주소서

십자가를 앞에 두신 밤,
허리에 수건을 두르시고
한 사람 한 사람 발을 씻기시며
끝까지 사랑하신 그 사랑을
기억하게 하시고
지쳐서 넘어질 때
그 손을 붙잡고

소생함을 얻게 하여 주소서

주의 말씀을 전하는 일이
그들의 양식이 되게 하여 주시고
주의 양들을 먹이는 일이
오로지
주님의 사랑을 향한
온전한 응답이 되게 하여 주소서.

* 요한복음 17:15~26

제 3 부

기도의 계단

별 하나

어스름에 젖어서
동방박사들의 별같은
별 하나
고층아파트들 사이
빈 하늘에
걸려 있다

고층에서 내려다 보이는
멀리
서울의 밤은 휘황하고
연기에 젖은
대상들의 텐트처럼
흥건하게 퍼져있다

내일
사람들은
또 바삐 길을 떠나리라
유향 하나없이
몰약도 없이
별은 더욱 푸르게 빛나고

밤하늘은 깊어간다

동방박사들이
길을 물었으리만치
푸르게
반짝이는 별 하나.

작은 십자가

운전면허시험장
날마다 면허증을
나눠주는 여인의
목에 걸린
금빛 십자가 하나

눈을 내리깔고
표정도 없이
낮은 목소리로 말하는
긴 목덜미에
가만히 흔들리는
작은 십자가 하나

날마다 꼭 같은 일이 되풀이 되고
꼭 같은 것을 찾는 사람들 사이로
작은 십자가 하나

자동인형이기를 거부하며
가라앉기를 거부하며

가만히 부여잡은
작은 십자가 하나.

주는 누구에게나

주는 누구에게나 해를 비추시네
의인에게나 죄인에게나
물붓듯이
빛을 부으시네
사람들은 빛을 바라볼 줄도 모르고
빛 속에서 근심에 싸여 걸어가네
마치 어둠 속을 가듯 그렇게 가네

눈을 들어 보면 해는
주의 눈동자와도 같고
눈동자와도 같이 우리를 지키시는 그 사랑같고
천국으로 뚫린 투명한 둥근 문같고
천국에서 빛을 길어 올리는 두레박과도 같네

비바람 몰아치고
모든 것 모래처럼 흩어질 때
칠흑같은 어둠 속에
아무 것도 보이지 않을 때
그 때에도 해는
지구의 장막너머에서

비추고 있음을 나는 아네

그 장막은 2천년전
유대땅에서
찢기어 진 것
나는 아네.

반백(半白)의 찬양

반백의 머리를 이고
찬양을 하는 이
우람한 체구에
듬직한 음성
주의 은혜를 노래하노라
반백의 머리가
오히려 힘차게 출렁이고
죽음을 모르는
젊음처럼
넘쳐흐르는 찬양

심장병을 앓고 계신
칠순의 아버지
죽음의 일격을 한 번 맞고
사위어 가는 불꽃같은
나의 아버지

주여
상한 갈대를 꺾지 않으시고
꺼져가는 심지를 끄지 않으시는 주여

일으키소서

저 사위어 가는 불꽃
다시 타올라
이제 노래할 수 있게 하소서

저 반백의 젊음처럼
죽음의 너머에서
흐르게 하소서
웃음처럼
눈물처럼
넘치게 하소서.

새벽 기도 1

어스름에 잠긴
강물과 도시를 보며
새벽기도를 나갔다
돌아오는 길에
도시는
물 위에 떠서
둥드렷 떠서
햇빛과 더불어
바하와 더불어
녹으며 흐르며
떠 있습니다.

새벽기도 2

눈 내리는 새벽길을 걸어 가면
비밀하게 접혀 오는 기도가 있습니다

살아갈수록,
아무도 모르게 드리는 기도들이
아무도 모르는 샘물보다
더욱 맑게 흘러오고
그 곳에서
주의 얼굴을 더 가까이 만납니다

기도함으로 우리는 사랑할 수 있고
부어줌으로 더욱 넘치는
샘물이 여기 있기에.

감람나무 십자가

바다를 건너고
산맥을 넘어서
구름을 지나온
작은 십자가 하나

손 안에 쥐면
꼬옥 잡히는
감람나무 십자가 하나

주님이 살던 마을의
빛과 소리가
들려오는 듯
귀 기울입니다

예루살렘을 지나
오십 개나 되는
작은 십자가를
여로마다 끌고 다니던,
스스로 미련하다 하면서도
건네줄 때는 환히 웃던 얼굴

바다를 건너고
산맥을 넘어서
또 구름을 넘어서 온
작은 십자가 하나.

기도의 계단

천국으로 가는
계단이 있다면
발닿는 곳마다
기도의 벽돌이 놓여있으리

멀리 떠나 있을 그 때부터
드려진 주의 기도
잠든 새벽마다 미명의
어머니의 기도

맴돌던 성전의 문간에서도
강의실 뒤켠에서도,
조을듯이 지나온 시간의 뒤안에서
드려진
나 모르는 수많은 기도소리
들리네

내가 오늘 여기에 있음은
수많은 이들의 기도를 힘입음이라
오 태어나기도 전에

날 위해 기도하신
주의 기도를 힘입음이라.

제 4 부

가장 낮은 곳으로

새 벽

새벽의 강위에
솟구치는 진홍의 태양

향나무위에
높이 걸린 희미한 만월

나의 도움이 어디서 올꼬
천지를 지으신 여호와에게서로다.

당신은

겨울의 문턱에서
햇빛 사이로 부셔오는
붉은 단풍나무 잎새 끝에
당신은 계십니다

하늘에
오후의 하늘에
수정같은 옷자락을
나부끼는
구름 끝에
당신은 계십니다

떠오는 배가
떠가는 배와 엇갈리며
밀어오는
반짝이는 가을 강 물결 위에
당신은 계십니다

아파트의 옥상 위에
샨드리에처럼 걸린 달이

가로수의 그림자들 사이로
빛나는 곳에
당신은 계십니다

아침이건
낮이건
어느 하늘에서나
눈부신 심연
해의
빛의 심연 속에
당신은 계십니다.

황색의 그리스도 *

아무도 울지 않아서
여름날의 동산은 더욱 붉어라
그는 풀밭 위 불어오는 바람그늘에
잠들어 있네
여인들은 포도원에서 저마다
하루일을 끝낸 후
불타는 석양을 치마에서마다 풀어놓으며
잠잠히 걸어가고 있네

누군가 붉은 포도주 한 잔을
들어서 마시고 있네.

* 고갱이 그린 작품

땅 위에 쓴 글씨

마음의 가시밭 위에 핀
한떨기 꽃송이
빛일까
소리일까
향기일까

오랫만에 새벽공기를 가르고
창문을 넘어 주홍의 커텐을 넘어
새 소리가 들려온다
저만치서
청소차의 종소리가
부엌 안 사기 종지기의 어깨를
가만히 흔든다

서 있는 사람들은
하나 둘 셋
돌을 버리고 돌아가고
그림자가 둘,
빛 가운데 긴 손가락 하나가
땅 위에 글을 쓴다. *

* 요한복음 8:3~11

세상 끝날

시간이 끝날 때까지
우리와 함께 하는 사랑을
아십니까
아무리 큰 고독 속에서도
이처럼 누리에 번지는 음악 속에
우리 몸을 감싸고 있는
고독의 딱딱한 옷을
벗겨 버리는 고요한 섬광이 있습니다
누가 이 세대의 끝까지 남아
사랑하겠습니까

노래할 줄 아는 자,
사랑할 사람들을 가졌기에
끝끝내
노래할 줄 아는 사람들에게
사랑은 여기 물밀어 옵니다

세상 끝날까지
내가 너희와 함께 있으리라

음악의 날카로운 현을 타고
그 세상 끝날이
사방으로 한없이 퍼져 가는 것을
나는 보았습니다.

시냇가에 심은 나무

너를 향해 두 팔을 벌어
노래할 때면
우리의 기쁨과 사랑이
강물처럼
너를 향해 흐르기 시작한다

아직 너는 모르리라
얼마나 놀라운 일이 시작되었는지
네가 성전에 처음 나오던 날,
메마른 땅으로부터 시냇가로,
어둠으로부터 빛 가운데로
옮기워 지던 날

너를 향해 두 팔을 벌어
노래할 때면
우리 모두 나무되어
생명의 시냇가에서
푸른 네 손을 잡는다.

봉 헌

내게 있는 것으로
주 앞에 나아옵니다
수반에 드려진 들꽃처럼
이 아침 넘치는 햇살처럼
오르간의 맑은 음향처럼
주 앞에 나아옵니다

내게 있는 기쁨,
아픔과 눈물,
내게 있는 가장 작은 것들과
가장 크고 아름다운 것들,
나날이 주시는 우로와 열매들을
받쳐들고
생명의 주 앞에 나아옵니다

내게 있는 어느 것 하나
지으시지 않은 것 없고
허락하지 않으신 것 없으니
지은 바 된
이 생명을 받아 주소서.

가장 낮은 곳으로

당신이 몸을 누일 곳은 없습니다
어둠에 싸인 식민지의 끄트머리,
사람의 그림자도 비치지 않는
말구유에 오신 이여

태어날 때부터
몸을 누일 작은 처소까지
빼앗기신 이여

세상은 당신을 담기에는
너무나 작은 곳
그러기에 당신은 가장 낮은 곳으로
오셨습니다

눈먼 자에게 빛을
가난한 자에게 생명을
주시려고
낮고 낮은 곳으로
오시는 이여

세상은 당신을 맞기에는
너무나 닫혀진 곳.
그러기에 어린 양으로
오시는 이여

말구유에서 십자가에까지
끝까지 끝까지
내어 주셨던 분,
그러기에
모든 것을
비로소 건지시는 이여

땅에는 평화
하늘에는 영광
주의 자비가 나타나셨네.

제 5 부

천지는 이다지도

노래의 현(絃)

노래였으면
시들은 가슴
답답한 마음들 열어주는
노래였으면
중얼거림인지 푸념인지
수수께끼인지 말장난인지 모를
시답잖은 말들 말고
가을 하늘 불어가는
한 줄기 푸른 바람
홍해의 밤바다에 부서지는
파도의 갈기같은
노래였으면

노래가 죽은 도시
노래가 죽은 시인들의 마을에서
누가 또 노래를 세우랴
가버린 것은 많고
시들어 버린 세월은 쌓여 있어도
노래하려는 마음 한 자락
바람 사이로

또 일어서서
노래의 현을 벼린다.

순례자여, 구름이 피듯

— 홍해 1

밤을 향해 떠나는 이여
타는 불볕 모래언덕을 넘어
필생의 땅,
더는 떠날 곳이 없는
예언의 골짜기를 향해
돌아가는 이여

그대 등뒤에선
유도화 한 송이 모래 위에
피는 소리 들리고
눈을 감으면
보여 주리라
잔 파도 물결쳐 오는 홍해를,
그대 숱한 명상의 고기떼들을

밀려 오면서
쉴 새 없이 손짓하며
다가오면서
부르는 것은 누구인가
온 생성의 머리를 지나

은밀한 곳으로부터 부르는 것은

종소리를 타고 날아오르는
한낮 정원의 새떼들,
비구름 사이로 트이는
한 조각 깊은 하늘 아래에서
선뜻 이마에 닿아오는
오 따스한 목마름

밤이 깊으면
모래시계가 멎고
파도의 흰 갈기가
어둠사이로
수평선 위에 길게 누울 때
거두리라

푸른 들판의 아이들,
달리며 뒹굴며
태어나고 태어나는
사념과 욕망의 아이들을

그리고
떠나가리라

밤이 비롯하는 뭍을 향해
물같이 씻고 일어서면
물 위로 마주 오는 이,
순례자여
구름이 피듯, 구름이 피듯
하늘에 젖어 돌아오는 이여.

빈 바다

— 홍 해 2

1

무엇을 보러 빈 바다에 나갔더냐
햇빛에 부서져 번뜩이는 푸른 비늘,
에메랄드의 살 위에 떠는 뜨거운 바람 ?
수은 위에 쏟아지는 눈부신 졸음 ?
달빛 걸어오는 고요의 검푸른 뜰 ?

그래, 무엇을 보러 빈 바다에 나갔더냐
태어나려고 바둥이는 어렴풋한 형상의 무더기들,
빈 마음에 일어서는 어두운 기둥들이던가 ?
열려 있을 뿐 나아갈 길이 없는 빈 바다에

2

바람이 불면 천지에 살아뛰는 파도
흘러간 무엇이 이토록
거치른 대지의 가슴에 힘차게 깊어 있을까
시든 온갖 사물들의 머리너머
적막하게 살아뛰는

이 영원한 삶
그 모든 것들을 삼켜 버린 바다의
저 빈 위장의 밝은 웃음

   3

산 자와 죽은 자
낡은 것과 새 것의 머리 위에
푸른 수액을 뿌리며 오는 바다
발뿌리에 채이는 돌덩이에도
파도에 돌던지는 아이들에게도
스러져간 온갖 것에게도

시대도 폐하고 눈물도 폐하고
홀로 걸어 있는
누리에 가득찬 노래여, 푸른 피여

   4

어두움이 내리면

돌아오는 파도
검푸른 핏줄을 돛처럼 세우고
달려오는 소리

사막의 사람들은 나아와
순례자의 깊은 동경으로
살아뛰는 해원(海原)을 향해
어스름 귀 기울인다

어둠에 잠기는 항구에
불을 켜고 돌아오는 배들
그러나 떠나기 위해
사람들은 바닷가로 나아온다
마주쳐 부르는 파도의 말,
떠날 때라고
이제금 돌아갈 때라고
속삭여 오는 파도의 말을 받들러
여기 말없이 모여드는 사람들

5

다시 바람이 불면
시든 돌무더기 위에 넘치는 물,
산 것과 죽은 것 모두의 머리 위에
번쩍이는 빛의 바다

그대여 듣는가
에메랄드의 푸른 혼으로
거치른 대지의 가슴에
이토록 깊어 있는
노래여, 푸른 피여.

그 곳에는

— 홍해 3

그 곳에는
새벽이 오고
또 밤이 내립니다

동이 트는 하늘 끝이
이슬에 젖으면
새들이 구름의 휘장을 열고

어둠이 내리면
누이들과 형제들과 벗들이
봄밤의 별들처럼 돌아옵니다

가난한 이와
애통해 하는 이
그리고
노래하는 이도 있습니다
종소리가 울리면
엷은 바람결을 타고
꽃들이 피어나고
긴 계절들의 건반위에

하나 둘 셋
잎이 지고 또 눈발이
내립니다

목련꽃 아래에서
발이 머문 그대여
영혼까지 비쳐 보이는
우리 땅의 살빛을
그대는 보았습니까

오 아직도 사랑할 수 없는 사람들
그들은 푸른 들을 수많은 벽으로
갈라 놓으며 바삐 오갑니다마는

오늘도 명동 골목에는
물안개와 장미꽃 한 수레를 끌고
오가는 바쁜 행인들을 부르는 이들이 있습니다

수도 없는 사람들이 어머니를 부르지마는
누구입니까?

계절들을 한 수레 가득 따 싣고
마음 가난한 골목마다에 뿌리고 갈 사람은.

첫눈 내리는 오후

첫눈 내리는 오후
길가는 이들에게도 인사를 건넸지요

어느 봄날 아침
깊고 깊은 잠에서 깨어나
하늘을 보면
구름은 빛 속을 깊이 흐르고
모르는 모든 사람들도 하나로 흘러 왔지요
아카시아 향내에 젖어
흘러오는 얼굴들

첫눈 내리는 오후에는
누군가 종을 울려요
새벽과 어둠
슬픔과 기쁨
그리고
미움과 사랑의 머리위로
내리는 오 종소리

첫눈 내리는 오후
낯선 이들에게도 인사를 건넸지요.

천지는 이다지도

퇴근길 저무는 이마 우로
문득 떠오르는 달
별과 더불어 웃음띤 인력으로
겨울이 잦아들어가는 하늘을
부풀게 하는구나

생각하면
천지는 이다지도 깊이
균형잡혀 있구나

숨겨진 미움의 자락마다
욕망의 서리서리마다에
목이 잠기던 별들이여

돌아다보면
사람들은 모두
하나 하나
별들로 서서
서로의 광년을 헤아리며

끊임없이 빛의
손을 나부끼고 있구나.

나무 1

푸른 성 앞에 서서
귀기울인다

가난한 고호의 잘린 귀가
걸려
불타오르던 삼나무

그러나
이제
저 나무의 머리끝에 닿는
하늘은 아득하다

긴 머릿단을 바람에 실어 놓고
겨우내 추위에 씻긴 몸뚱어리를
햇살에 부빈다

나 이제
푸른 성안에 들어
이태 버려 두었던
오랜 상형문자들을 읽는다

불타지 않는 푸른 불꽃의
노래를.

나무 2

봄은 왔다는데
아직도 비어있는 나무의
벗은 가지 사이로
떠오르는 달

　만월이로구나 만월

아직 남은 잔광이
어스름의 융단에 싸이는데
벗은 나무도 말이 없고
달도 말이 없구나

　만월이로구나 만월.

나 무 3

길을 가다가
문득 나무같은 여인들을 만난다

가지와 가지가
열어 놓은 구도에
빛살과 대기가 자맥질하며
푸른 연등을
창문마다 걸어 놓는다

우연히 발견한
아내의 처녀적 사진
나의 창가에
아내의 푸른 등을 걸어 본다.

나무 4

왜 나뭇가지를 길 위에 폈을까
그 여인들과 사내들은
성 안으로 가는 길목에서 *1

무화과나무 아래
서 있던 한 젊은 사내는 *2
지금 어디를 가고 있을까

곳곳마다
푸른 융단을 깔며
하늘에는 새들을 흩뜨리며
봄은 이제 깊었구나

종려여
그 깊은 그늘이여

*1 마태복음 21:8~9

*2 요한복음 1:48

나무 5

4월의 나무에서는
열일곱 소녀의 내음이 나고

키 큰 플라타나스는
갈색 항아리에
꽃 몇 송이 꽂고 서 있는데

하늘은 나무 위로
이만치
열려 있네.

투명한 눈

그의 눈이 투명하다
그녀의 눈이 투명하다
아이의 눈이 투명하다

여자도 투명하고
남자도 투명하고
노인도 투명하고

별이 투명하다
꽃이 투명하다
바람이 투명하다

마음 속에 피는
꽃 한 송이
위에
이슬이 맺힌다.

아 침

푸른 나팔꽃이
아침 하늘 향해
작은 손들을 흔들어 보일 때
구름은 차륜(車輪)을 멈추고
하늘 풀밭에 눕는다

달리는 개천 속으로
거울같은 해가 쩡 쩡 반짝이고
뚝 위엔 무성한 이쁜 잡풀들

밭곡식들보다 드높이
새들
땅을 차고 올라
하늘에 아침을 수놓는다.

제 6 부

생명의 고리

초저녁 별

어스름 덮여 오는
아파트의 높다란 처마 밑에
문득 떠오른 초저녁별

아직 비어 있는 숲들의
가지 위로
어딘지 피어오를 저녁연기 위로

어스름 창을 열고
내어다 보는
해맑은 얼굴

그 눈빛을 보며
잃었던 날들 속에
묻히었던 노래를
어렴풋이 듣는다.

가시덤불 사이에
내가 있을 때
나는 그 얼굴을 잊었노라

이제 보노니
그립던 옛사랑의
맑은 눈빛

그대여
이제
밤바람을 가르며
별들과 별들 사이를
여행하자

어둠 속에 고이는
별들의 허밍.

현대 미술관

20평 아파트 안에
겹겹이 접혀져서
모양을 알아 볼 수 없게
숨죽이고 있던 공간들이
하나 둘씩
옷을 벗고 나온다

마음 속에 도사려 온
오랜 두려움과
욕망도
빛깔을 따라 펼쳐진다

생각하면
내가 두려워했던 것은
내 마음의 그림자

그림자가 거두어진 곳에서
빛깔과 공간이
이우러지며
거닌다

긴 회랑 사이를 걸어나오면
복도 끝
빛 가운데 서 있는 소철이
야자수처럼
휘황하다

삶이란
그림자를 부려 놓고
가난하게
자기의 성을 허물면
휘황하게
넘치어 오는 것이다.

반짝이며 흘러오는

젖먹이 아들의
해맑은 얼굴 위에
떠오르는
아비의 얼굴

세상 염려와
집착과
애증에
이지러진 얼굴

구름 한 점
그림자 하나 없는
거울 앞에서
아비는
부질없는 유산들을
하나씩
벗기 시작한다

세상염려 하나와
집착 하나와

미움의 꺼풀들을
하나씩
흘려 보낸다

아들아
청산위엔
늘
해가 빛나고
해맑은 네 얼굴 위로
반짝이며 흘러오는
마음 자리 하나.

얼굴 하나

전철 차창 어둠에 비친
얼굴을 보며
문득 선생님의 얼굴을 생각한다

모나지 않은
바위같은 얼굴
산 바람에 젖은
이끼와 억새풀과
산비둘기와
골짜기의
나즈므란 물소리

그 얼굴 위로
아버지와
어머니의
얼굴이 흘러온다

때로는 흔들리고
때로 탄식하면서
그러나 내어준 생애

이제 저 어둠 사이
흐르는 불빛에 녹아든다

나의 얼굴 어느 곳에
선생님과
아버지와
어머니의
얼굴이 스며 있을까

설흔 여덟이 되도록
보이지 않던 얼굴
대리석과
버려진 돌무더기와
범람하는 강물
사이 사이로
그렇게 찾았던 얼굴

이제
얼굴 하나 흘러 온다
어둠 위에 떠서

경계도 없이
하나 가득 흘러 온다

스승을 만나고
아버지를 만나고
어머니를 만나고
온갖
죄지은 사람
가난한 사람
믿음 없는 사람
마음 약한 사람
마음 독한 사람
의로운 사람들과
만나면서
얼굴 하나
어둠 속에
녹으며 온다.

황 사 (黃 砂)

모래 바람 속
은빛 동공처럼
속이 뚫린 해가
오후의 한강에서
은빛 파도를 일으킨다

미명과도 같고
모두가 문을 닫은
백야(白夜)와도 같이

북한산은
길게
와선(臥禪)에 잠겼는데
아직 잠자는 분수가에는
청동(靑銅)의 사람들이
앉아서
무엇인가
기다리고 있다

4월의 하늘 가에

포플라의
맑은 사지는
살아 숨쉬는 형상을
부조(浮彫)하는데

낮달처럼 걸린 해여
모래 바람 속에서
비로소
그대의 집으로 가는 길은
깊고도 깊구나
누가
잠 깨어서
그대의 황금 갈기를
이 대지 위에
풀어 놓을 수 있을까.

구름과 구름이

천둥이 치는 밤
아빠, 무슨 소리지?
구름과 구름이 부딪치는 소리야
억수같이 쏟아 붓는 비
번개가 치면
회전하는 지구의 한 끄트머리에
서 있는 나를 본다

바람이 불고
지구는 소리없이 돌아가는데
수없이 많은 사람들도 돌아갔는데
지금 여기,
걸어가야 할 길을
문득
서 있는 사람들.

생명의 고리

푸른 나뭇잎으로 에워싸인
하늘로부터
내리비치는 햇빛 속에 서면
문득
들 위에
땅 위에
빛살처럼 퍼져가는
가득한 생명의 고리들

아침 풀밭
아파트의 회색 제기(祭器)위로
황금의 해가 떠오르면
도시는
아침의 제사를 올리며
불의 설교를 듣는다

빛살이어
온갖 생명의 고리들이여.

흐르는 글씨

밤새 눈내린 길을 따라
걷노라면
아버지의 글씨가 떠오른다

평생 기다리며 간직했던
한 마당 전답의
낡은 등기서류 봉투 위로
흐르는 개울물 같은
아버지의 글씨

눈이 녹으면
내 발자욱도 스러지고
천지간에
아버지의 발자욱도 스러졌는데

살았을적
손의 힘과 체온,
그 모습으로
전답 위에,
대지 위에

흐르는
아버지의 글씨.

풀빛 체조

아침 풀밭 위에서
체조를 하면
해가
우리를 풀밭 위로
떠오르게 합니다

싱그런 공기속으로
풀내음에 젖어서
아빠는
어린 딸과 함께
하나 가득 차오릅니다

이 곳은
어느새
봄으로 차오르고
아빠는
어느새
저 생명의 바다에
닿아 있습니다
딸과 함께.

은빛 갈기를 반짝이며

지하 차고에 숨어 있던 차가
서서히 땅 위로 숯아 오른다
은빛 갈기를 반짝이며
다소곳이 떠 오른다

안전벨트에 작은 몸을 기댄채
잠자던 어린 아들과 같이,
새벽 길 기도처럼
열리는 한강과도 같이,
홍해 바닷가 에메랄드의
뜨거운 파도와도 같이
떠오르는 기억
속의
질주여
생명이여.

행복한 날

까닭 모르게 행복한 날
요통으로 물리치료 받으며
누워서도
하얀 천장보며
그냥 넉넉한 날

고뇌하며
자신을 버리며 살아가던
선인들이
문득 생각키는 날

싸워야 할
어두운 이름들이
부서져 내리고
떠 내려가는
아침이기에

그 고뇌에 찬
시련의 사람들도
여기

녹아서 흐르는가

아무도 패배하지 않고
아무도 지나치게
목소리를 높이지 않는
까닭모르게 행복한 날.

봄날 오후

아파트 사이로
열린 서편 하늘에
진분홍 붉은 해가 걸려 있습니다
물 오르는 빈 나무들 위로

진분홍 한복을 떨쳐 입고
여인 하나가
나무 사이로 걸어 오고 있습니다
눈을 내리뜬 채
세월의 물빛 그림자를 일렁이며

붉은 해는
서편 하늘을 가고 있고

여기 풀밭 위로
사뿐히 가는 여인은
봄을 향해
진분홍으로
피어나고 있습니다.

씻은 듯이

노여움은 씻은 듯이
미움도 씻은 듯이

잘못은 씻은 듯이
자랑도 씻은 듯이

씻은 듯이 앉은 자리에
마음은
하나 가득
차 오른다.

후 기

1981년 이후로 15년에 걸쳐 틈틈히 써온 시들을 묶어 1996년 12월에 『땅위에 쓴 글씨』라는 이름으로 시집을 내게 되었다.

홍해의 바닷가에서, 때로는 비행기 안에서, 때로는 도시의 회색 빌딩 사이에서, 때로는 하나님의 말씀에 귀를 기울이는 가운데서도—내가 살아온 삶의 현장에서 시는 호흡처럼, 노래처럼, 기도처럼, 눈물처럼 그렇게 나를 찾아왔다.

그렇게 쓴 시들을 모아 시집을 낸 후로 시간이 흐르면서 나는 예상하지 못했던 많은 분들로부터 나의 시가 사랑받고 있는 것을 발견하게 되었다.

서점의 직원으로부터 해외의 교포, 옛 친구들과 믿음의 형제들에 이르기까지….

그렇게 많은 분들의 사랑에 힘입어 이번에 『아침이 오는 빛 가운데』로 제목을 바꾸어 재판을 출간하게 되었다. 몇 곳의 오자를 수정한 외에는 초판의 내용과 순서 그대로 1부에서 4부까지는 믿음의 시들을, 5부에서 6부까지는 서정시들을 엮었다.

여기에 수록된 믿음의 시들 가운데는 나의 삶 속에서 만난 예수 그리스도에 대한 고백이 들어 있으며 자원하

여 예수의 제자된 교회학교 교사들과 티없는 어린이들을
만나면서 마음 속에 고요한 찬양과 기도, 내가 입은 은혜
와 사랑의 기록들이 들어 있다.

　내 부족한 시를 늘 아껴 주신 소망교회의 여러 교우들
과 박혜성 전도사님, 내 마음의 문제를 깨닫게 해주신 선
생님, 늘 곁에서 나의 아픔을 함께하며 기도해 준 아내와
형제들, 도움말을 주신 안경원 시인과 홍병룡 형제에게
다시 한 번 깊은 감사를 드린다.
　나는 나의 시가 어려운 시대를 살아가는 이웃들에게
또 방황하는 이들에게 작은 위로가 될 수 있기를 소망한
다.
　어려운 출판 여건 속에서도 기꺼이 재판을 맡아주신
예영커뮤니케이션의 김승태 사장님께 감사드린다.

1998년 4월 12일 부활절에
조정태